AF273134

1

„Das Buch ist die Axt für das gefrorene Meer in uns"

Franz Kafka

In Gedenken an meinen Großvater, der mich gelehrt hat, meinen Gedanken und Gefühlen in meinem Herzen Raum zu geben!

Es gibt einen Beginn, wie es immer
einen gibt. Das Leben beginnt eben an
einem Punkt. An einem einzigen Punkt
ist jeder Mensch gleich, wir werden
geboren. Nicht jeder auf die gleiche Art
und Weise, aber eben doch alle zu einem
gewissen Zeitpunkt.

Der 21. Februar 1986, 17.27 Uhr war kein besonderer Moment, es war ein Tag wie jeder andere. Doch es war mein Zeitpunkt. Der Tag an dem ich zum ersten Mal einen selbständigen Atemzug auf dieser Welt machte, zum ersten Mal im Arm meiner Eltern lag und meine Entwicklung hier auf Erden ihren Anfang nahm.

Es lief bei mir eben wie bei vielen anderen auch. Ich wuchs in einer vierköpfigen Familie in der Mitte der schönsten Stadt Deutschlands auf, ging in den Kindergarten, in die Grundschule und später übers Gymnasium auf die Realschule.

Das alles ist nichts besonders, jeder zweite Mensch beginnt so sein Leben. Jedes zweite Kind erlebt Chaos, ist ein Scheidungskind, landet in einer Patchworkfamilie und ist damit konfrontiert plötzlich fremde Menschen in sein Leben zu lassen.

Einen fremden Mann in den Armen der Mutter zu sehen, eine fremde Frau die Papa „Liebling" nennt und neue Geschwister die grundsätzlich erst mal nerven und mit ihrem Elternteil das neue Feindbild verkörpern.

Das Alles ist eigentlich kein Grund um den Boden unter den Füßen zu verlieren. Doch das ist der Punkt der mich nun von anderen unterscheidet.
Mein Boden verschwand wohl regelrecht, aber auch das ist nicht der Grund weshalb ich jetzt hier an meinem Laptop sitze und über mein Leben nachdenke.
Der Grund ist für mich viel schlimmer, mir fehlen Erinnerungen.
Nicht Erinnerungen die man eben irgendwann einfach vergisst, sondern Erinnerungen an ganze Jahre, Personen die mir in dieser Zeit nahe standen und Ereignisse die sich eigentlich in den Kopf brennen müssten.

Ich bin 22 Jahre alt, mein ganzes Leben liegt noch vor mir und trotzdem ist mein Kopf voll mit Dingen die ich nicht verstehe. Aber genau die will ich jetzt endlich, ich will verstehen!

Ich lebte mit meinen Eltern und meinem Bruder Fab mitten in Stuttgart und war nirgends glücklicher als dort.

Wir wohnten in einer schönen großen Altbauwohnung, mit riesigen Holzbalken und Dielenboden der beim Laufen knarrte.

Jeden Tag rannten wir nach der Schule die fünfundneunzig Stufen zu unserer Wohnung nach oben um nach kurzer Zeit wieder nach draußen zu rennen.

Ich liebte unseren Hinterhof mit den alten Wein- und Efeuranken den vielen kleinen Nischen und Verstecken die sich prima zu spielen eigneten.

Doch am liebsten schlich ich mich durch den Hintereingang des Katzenladens.

Die Besitzerin war eine kleine Frau mit langen, roten Locken.

Sie war nett, hatte immer Süßigkeiten und ließ uns in ihrem Laden spielen wann immer wir wollten.

Kein Grund also diese Frau nicht zu mögen, oder sie zu vergessen. Meine Ma arbeitete Halbtags als Bauzeichnerin und war nachmittags bei uns zuhause.

Sie tat alles was man sich von einer Ma eben wünscht.

Sie half bei den Schulaufgaben, ging mit auf den Spielplatz, spielte Hol- und Bringdienst und war einfach da wenn man sie brauchte.

Mein Dad arbeitete damals wie heute im Außendienst für ein Amt der lieben Stadt Stuttgart in welchem sich die beiden auch kennen lernten.

Ja, mein Dad, ich weiß noch genau wie er mit meinem Bruder an Motorbooten bastelte, aus einer Plastikente ein solches „Boot" baute und sie auf einem See fahren lies. Wie er unsere Dachterrasse baute mit nichts als einem Bauchgurt gesichert und wie er das Haus renovierte, das meine Eltern außerhalb der Stadt kauften als ich in der Dritten Klasse war. Aber der Sprung war nun zu weit.

Es gibt noch mehr Menschen, die zu dieser Zeit wichtigen Einfluss auf mein Leben hatten.

Meine Großeltern, die Eltern meiner Ma. Nie habe ich einen Menschen bedingungsloser und ehrlicher geliebt als meinen Großvater.

Es gibt keinen Menschen auf der Welt der so viel Liebe und Verständnis in sich trug. Keinen Menschen der so offen für alle Fragen und Probleme seiner Lieben war.

Er war der Mensch der mich aus allem raus holte, von überall abholte, mich immer tröstete und mit mir seine Liebe zu Büchern teilte.

Er war der Grund für jede Seite die ich außerhalb der Schule las und er war es auch der mich am besten von allen kannte.

Er war es der mich verstand.

Dieser wundervolle Mensch lebte mit meiner Großmutter etwas außerhalb von Stuttgart in einem kleinen Ort und in genau diesem Ort kauften meine Eltern ein Haus und wir zogen um.

Ich war in der dritten Klasse als wir in das schöne große Backsteinhaus zogen. Ich bekam ein kleines kuscheliges Zimmer unterm Dach, welches für mich meine kleine Höhle werden sollte und auch dementsprechend aussah.

Die Umgebung war der reinste Traum. Viel Wald und eine Garten, in dem wir natürlich ordentlich spielten und tobten. Ich begann zu reiten und die Sommertage mit meinem Bruder im Wald zu verbringen.

Da wir nun sehr nah bei den Großeltern wohnten, konnte ich sehr oft die Nähe zu meinem Opa genießen.

Er war weiter für mich da, war meine Große Stütze.

 Denn meine Eltern begannen schon nach kurzer Zeit, meinen Traum von der glücklichen Familie zu zerstören. Mama war viel zu Hause, Papa nach der Arbeit in der Kneipe. Die beiden waren kaum noch gemeinsam für uns Kinder da. Meistens kam mein Dad erst nach Hause wenn wir längst schliefen und den Promillestand in seinem Blut wage ich nicht einzuschätzen.

Er war und ist auch jetzt noch nicht der Typ, dem man die Menge ansehen würde, die den Weg durch seine Kehle gefunden hat. Ich wünschte mir als Kind bereits, nur einen einzigen Tag einmal so interessant für meinen Vater zu sein, wie es ein Kasten Bier zu sein schien. Diesen Bann durchbrechen zu können, ihn dazu bewegen zu können seine Aufmerksamkeit und Liebe wieder ausschließlich auf uns zu konzentrieren. Doch dieser Aufgabe ist ein 8 jähriges Kind einfach nicht gewachsen.

Wie soll es auch?

Somit nahm das Leben meiner Eltern,
ich sollte sagen, das Leben meines
Vaters und das unsere weiter seinen
Lauf.
Ich sah die beiden kaum noch
harmonisch miteinander sprechen oder
überhaupt gemeinsam etwas tun.
Hier begann es schon, dass aus einem
zwei wurde.
Wenn er mittags zuhause anrief schrie
sie nur noch ins Telefon. Wenn sie ihm
sagte sie wäre nicht glücklich, brummte
er nur in seinen Bart und setzte sich an
den PC.

- Neue Lücken in meinem Gedächtnis.

Das einzige Bild das ich von meinem
Dad überhaupt habe, ist wie er am
Computer saß oder mit meinem Bruder
an etwas bastelte. Aber kann es sein das
er nur dies getan hat all die Zeit?
Das er mich nie bei der Hand genommen
hat?
Mich nie im Arm hatte?
 – Unwahrscheinlich!
Naja wie dem auch sei…
Meine Mutter beschloss, wie sollte es
auch anders kommen, meinen Vater zu

verlassen. Als sie uns dies eröffnete,
saßen mein Bruder und ich im
Wohnzimmer und schauten Buggs
Bunny.
(Wie fast immer wenn die Luft im Raum
gespannt war, vergleichbar mit einem
Hochseil, auf dem das Tanzen fast
unmöglich ist)

Nun meine Erinnerung an diesen
Moment:
Meine Ma rief uns ins Esszimmer und
meinte wir sollen uns setzen. Sie sprach
davon, dass wir ja merken würden, dass
sie sich mit Papa nicht mehr wirklich
verstehen würde. Die beiden hätten
beschlossen, dass Ma mit uns ausziehen
und Dad sich eine Wohnung in der Stadt
suchen würde. – Stille-
Die Welt beschloss von einem Moment
auf den anderen, ihre Richtung zu
wechseln, sich andersherum zu drehen.
Keiner sprach, keiner wollte den
gesprochenen Sätzen Glauben schenken,
der Wahrheit ins Gesicht sehen.
Mein Bruder rannte in sein Zimmer und
sprach den ganzen Tag mit niemandem
mehr.

Ich selbst habe in Erinnerung, dass ich es ganz gut aufgenommen habe, da ich damit schon gerechnet hatte, schon all die Zeit darauf gewartet hatte, das meine Welt zerbricht.
Ich bin der Meinung, dass ich zu meinem Bruder ins Zimmer ging, um einfach nur bei ihm zu sein.

- Irrtum.

Meine Mutter erzählte mir vor ca. einem Jahr, dass ich vom Stuhl aufsprang, schrie als würde mir die Haut am lebendigen Leib abgezogen werden und weinend davon lief.
–Ich kann mich nicht daran erinnern. Warum?
Es dauerte nicht all zu lang und wir zogen in der gleichen Straße in eine kleine drei Zimmer Wohnung und starteten unser Leben zu dritt.
Wir wurden sehr schnell ein eingespieltes Team, wobei wir Kinder es sicher schöner fanden als meine Mutter.
Wir tanzten ihr ganz schön auf der Nase herum, machten meist was wir wollten wenn sie arbeitete und genossen es einfach, kaum Grenzen zu erleben. Es

entstand mit der Zeit wieder eine Sicherheit, auf die man sich verlassen konnte. Alle Mitglieder dieser Wohngemeinschaft hatten ihren Platz und begannen einen neuen gemeinsamen Lebensabschnitt.

Mein Dad zog mit seinem besten Freund in eine kleine, dunkle und etwas siffige Wohnung und fristete dort sein altes Dasein weiter wie vorher, nur eben ohne den Stress meiner Ma im Nacken- und ohne uns.

Ich fragte mich oft, ob er uns vermissen würde, konnte es mir aber kaum vorstellen, da er in den Jahren vorher auch nicht wirklich aktiv an meinem Leben teilnahm.

Zumindest weiß ich nichts davon.

Doch auch meine Ma, bat mich des Öfteren darum, ihm die Chance zu geben, zu meinem Leben zu gehören.

Hier beginnen –man staue- meine Erinnerungen an meinen Dad.

Er holte uns alle zwei Wochen ab und unternahm mit uns einen Ausflug. Über Nacht blieben wir nie, da seine Wohnung nicht wirklich Kindertauglich war.

So fuhren wir eben in Freizeitparks gingen essen und hatte immer sehr viel Spaß. Auf diese Weise bekam er allerdings eben auch immer nur die Schönen Seiten der Kinder mit, denn welches Kind würde an einem solchen Tag zicken?
Pubertät hin oder her.
Das war aber alles schon ok so, denn es sind zumindest Erinnerungen! Ich kann zumindest sagen, dass mein Dad mit Sicherheit zu dieser Zeit ein wenig Ahnung von meinem Leben hatte.
Die Zeit schlich weiter Ma hatte einen Freund, verlies ihn wieder. Dad lernte eine Frau kennen und heiratete sie.
Die Familie wuchs um Frau und mitgebrachtem Kind und wir mussten es eben so nehmen.
Es war extrem nervig und auch echt ätzend aber man gewöhnte sich an die beiden und es wurde irgendwann sogar angenehm. Ich hatte eine „zweite Ma" eine kleine Schwester und einen Dad, der glücklich zu sein schien.
Diese Tatsache machte es sogar möglich, dass er sich für mich zu interessieren schien.

Ich fragte mich oft ob es an seiner Frau lag, doch am Ende war es egal, nur das er plötzlich Dad war, das zählte.
Wir fuhren gemeinsam in den Urlaub und hatten sehr viel Spaß.
Ich hatte zum ersten Mal seit langer Zeit das Gefühl Mitglied einer normalen Familie zu sein. Selbst die kleine war auf ihre nervige Art doch angenehm. Da war plötzlich jemand, der zu mir aufschaute, meinen Rat suchte und mir meine Kleider klaute.
Ich konnte ihr Tipps geben, konnte für sie da sein und versuchen ihr das Leben leichter zu machen. Ich hatte mir zur Aufgabe gemacht, diesem kleinen Mädchen von 9 Jahren zu zeigen, dass das „Projekt" Familie funktionieren kann.
Das es tatsächlich Menschen gibt, auf die man sich verlassen kann. Allerdings auch, dass Geschwister zu haben auch Schmerz, Trauer und viel, viel Streit mit sich bringen kann.
In unserem ersten Urlaub musste meine Kleine viel mitmachen und über sich ergehen lassen, um bei meinem Bruder und mir ihren Stand zu sichern.

Nach einer Woche war der Familientraum allerdings vorbei. Wir richteten uns gerade um Abends noch wegzugehen als das Handy klingelte. Schon als mein Dad abnahm sah ich das etwas nicht stimmte und lies mich auf den Boden sinken.

Nach ein paar Minuten legte er auf und sah mich an.

Er sagte nur…"dein Opa…" und schon war alles vorbei. Ich brach zusammen und weinte und schrie und schlug um mich.

Ich rannte zur Tür hinaus zum Meer und stoppte erst wieder bei den Wellenbrechern. Ich setzte mich auf die großen Steine und begann wieder zu weinen. Der Wind in der Brandung wehte mir ins Gesicht, lies meine Wangen rot werde und brachte meine tränenden Augen zum brennen.

Es hätte alles passieren dürfen, jeder sterben können, doch niemals hätte er von uns gehen dürfen. Nicht er! Mein junges Leben hätte ich gegeben, um ihn bei uns zu behalten.

Keinen Schritt würde ich mehr gehen können ohne ihn, nie wieder Leben. Wie sollte ich an leben denken, wenn der einzige sichere Halt so einfach verschwindet? Wie konnte er mir das antun? Er wusste doch, was in mir so alles schief lief und war der einzige, der die Scherben noch zusammenhielt.

Natürlich war nicht er es, der dies zu entscheiden hatte.

Es war wohl an der Zeit. An der Zeit zu lernen, dass nichts ewig ist! Es ging sehr schnell sagten sie alle und er hatte keine Schmerzen.

Dies interessierte mich nicht. Die Tränen der anderen übersah ich, ignorierte sie, denn keiner konnte so sehr leiden wie ich. Mein Herz wurde mir aus dem Leib gerissen. Jede Sekunde meines Lebens tat mir weh, jeder Moment versprach mich zu zerstören.

Mein Leben hatte keine Stütze mehr und ich fühlte mich einsamer als je zuvor. Wir brachen den Urlaub ab und fuhren schon am nächsten Morgen nach Hause. Dort versank ich in eine Art Dämmerzustand. Die Tage bis zur Beerdigung flossen so dahin, ich erinnere mich nicht daran. Und als es dann so weit war, war ich immer noch nicht wirklich bei mir. Wir fuhren zum Friedhof, es wurden Reden gehalten, viele Menschen weinten und umarmten sich, ein Chor sang am Grab während der Sarg hinab gelassen wurde und die Familie stand eng zusammen um sich gegenseitig zu stützen.

Ich sah dies alles wie durch einen Schleier, ich war anwesend, aber nicht da. Bekam nichts mit, von alle den Menschen die mich in ihre Arme nahmen um mich zu trösten. Trost, was ist das für ein sinnloses Wort? Wie will ein Mensch Trost in einen Satz bringen? Wie sollen mich eilig zusammengesuchte Worte wirklich trösten?

Ich behielt meinen Blick immer starr auf das Loch gerichtet indem sie ihn hatten verschwinden lassen und konnte das alles nicht glauben. Eben noch saß ich auf seinem Schoß, lachte über die Dinge die er mir erzählte, oder folgte gespannt seinen Erzählungen.

Nun stand ich vor dem Grab seiner Mutter indem nun auch er begraben wurde, um seinen Frieden zu finden.

Dies sagten zumindest alle.

Betreten hatte ich den Friedhof als Kind und verließ ihn als eine Erwachsene im Körper eines Kindes. Von diesem Tag an

dachte ich anders, lebte ich anders. Was
nach der Beerdigung geschah kann ich
nicht sagen, ich weiß es nicht mehr!
Mein Leben ging weiter, aber eben nie
wieder wie zuvor.
Er war immer bei mir, bei jeder
Entscheidung, bei jeder Frage und an
jedem Ort. Noch Jahre später sprach ich
in schweren Situationen in Gedanken mit
ihm und fragte ihn um Rat.
Er hätte so vieles anders getan, hätte mir
so vieles erspart, nur allein mit seiner
Anwesenheit, wäre mein Leben anders
verlaufen.

Meine Ma lernte einen neuen Mann
kennen und beschloss ihm die Tür zu
unserer kleinen Gemeinschaft zu öffnen
und diese somit zu zerstören. Dies hatte
sie damals aber sicher nicht im Sinn
gehabt, zumindest nicht bewusst.
Er kam also und siegte. Die beiden
wollten zusammen ziehen, das Haus
wurde gefunden. Die beiden wollten
heiraten, auch dies geschah nach kurzer
Zeit.
Wir saßen beim Griechen im Ort an
einem kleinen Tisch und sprachen über
all das bevor es geschah.

Er sagte wir müssen alle Kompromisse eingehen und ehe er ausgeatmet hatte sprach er weiter.

„Ich habe meine Prinzipien und von denen weiche ich nicht ab!"

Dies ist so ein Satz den man nicht wieder vergisst, egal in welcher Situation, bei welchem Streit, oder welcher Diskussion auch immer, dieser Satz schwebte wie eine tiefschwarze Wolke über mir.

Dieser Satz, sollte mein Leben verändern, mich zu einer Gefangenen machen. Gefangen in mir selbst. Dieser Satz, sollte mich zu vielen dingen bringen, die ich mir vorher nicht einmal vorstellen konnte.

Die Worte aus seinem Mund öffneten in mir eine Tür, deren Existenz ich mir nicht einmal bewusst war.

Die Rebellion!

Die Erkenntnis, dass ich mit Worten und Taten so vieles erreichen kann. Das ich mit meiner Gegenwehr Menschen schützen, aber auch verletzen kann.

Er ermöglichte uns ein Leben in einem schönen Haus, in einer guten Gegend und machte meine Ma auf den ersten Blick zumindest glücklich.

Sie war glücklich ihn zu haben und ihr Leben wieder so gestalten zu können wie sie es sich wünschte.

Doch leider merkte sie nicht, das sie ihren eigenen Willen, ihre eigene Meinung und zum Schluss dadurch ihre Kinder verlor.

Wer kann seine Mutter ohne Vorbehalte lieben, wenn sie die Seiten wechselt?

Gab sie mir in Gesprächen unter vier Augen Recht, sprang sie am Abend auf die sichere Seite des Flusses zurück und stärkte ihm den Rücken. Sie lies zu, das der Fluss unser Ufer abtrennte und mit sich riss.

Ich erlebte eine Geschichte erneut. Nur schrieen diesmal nicht meine Eltern sobald sie zu lang in einem Raum waren, sondern eben wir, sobald er wieder einmal den Tyrann spielte.

So kam es wie es kommen musste, Ma stand hinter ihm und verlor unser Vertrauen.

Ich baute immer mehr Mist, in der Hoffnung ein wenig Aufmerksamkeit darauf zu lenken, wie sehr ich darunter litt.

Doch keiner bemerkte es wirklich. Sie taten, als wäre ich ein Teeny in der

Pubertät, dass eben etwas mehr anstellte als die anderen.

Doch von dem blutenden Herz, welches seit vielen Jahren nicht mehr die Möglichkeit hatte zu heilen, bekam nie jemand etwas mit. Ich mogelte mich also weiter durch mein Leben.

Begann mich mit allem voll zu stopfen was ich finden konnte, wurde fett und hörte dann einfach auf zu essen.

Ich aß nur noch wenn sie mit mir am Tisch saßen und es sonst aufgefallen wäre. Ich fraß nur meine Trauer und meine Schmerzen in mich hinein und wollte sonst nichts in mir haben.

Ich fühlte mich nach und nach sogar richtig wohl in meiner kleinen Welt, in die sonst niemand mehr hinein passte.

Wer will mit 14 Jahren nicht auch eine angesehene Persönlichkeit in der Schule sein? Möchte akzeptiert werden und dazu gehören.

Wer allerdings mindestens 20 kg Frust zu viel auf den Rippen hat, spürt sehr schnell die Grausamkeit, die in dieser Weise fast nur bei Jugendlichen zu finden ist.

Also musste man, wenn schon nicht mit dem Frust, dann doch zumindest mit dem Essen aufhören.

Als ich dann auch noch hin und wieder joggen ging, kam ich meinem Ideal an Körpermaß endlich etwas näher, sah Veränderungen. Es wurde zu einer neuen Freude in meinem Leben.

Ich rannte mir einfach alles vom Leib, konnte für den Moment alles vergessen, vor Allem weglaufen. Ich hörte nichts um mich herum, nahm niemanden wahr. Ich rannte einem Ideal und einer sich anschleichenden Krankheit entgegen und der Realität davon.

Bis zu diesem einen Tag.

Der Tag an dem nun auch noch der Rest meines Inneren zerstört werden sollte.
Der Tag an dem ich schon morgens meinen Trainingsanzug anzog um meinem Kopf mal wieder etwas Freiheit zu gönnen.

Ich lief los, lief um mein Leben. Die Musik schallte durch die Gehörgänge und schaltete die Außenwelt ab.

Ich lief und lief und lief, bis mich plötzlich von hinten etwas erwischte, was mich auf den Boden riss.

Ich schrie auf, für einen Moment, bis ich in seine Augen sah.

Ich habe in meinem Leben noch nie Augen gesehen, die mir so viel Angst einjagten, mit nur einem Blick. Diese Augen schienen mich zu durchbohren, mir mein Innerstes rauben zu wollen.

Er drückte mich mit einer Hand auf den Boden und öffnete mit der anderen meine Hose.

Ich versuchte mich zu wehren, solang bis er mich schlug. Er schlug mir ins Gesicht und in den Magen, bis ich aufhörte zu schreien.

Als er in mich eindrang, konnte ich mich nicht mehr regen, ich fühlte mich leer, wie tot. Nicht war mehr wahr. Nichts war mehr wie zuvor.

Er befriedigte sich an meinem wehrlosen Körper und lies mich dann liegen.

Er stand über mir und schaute auf mich herab. Das einzige was ich hörte, war sein Lachen. Dieses Lachen brannte sich in mein Hirn, ist dort bis zum heutigen Tag fest verankert und sucht mich in meinen Träumen heim.

Noch heute Träume ich immer wieder, liege im Dunkeln und versuche vor dem Klang seiner Stimme zu flüchten.

Doch sein Lachen ist überall und die
Flucht fast nicht zu schaffen.
Er lies mich im Wald liegen wie ein
billiges Stück Fleisch, welches schlecht
geworden war und weggeworfen wurde.
In all den Jahren fragte ich mich wie
man einem Menschen so etwas antun
kann, wie man ein Leben einfach so
zerstören kann, nur um sich selbst zu
befriedigen.
Gibt es Menschen die etwa ein Recht auf
all das haben?
Die sich nehmen dürfen was sie wollen?
Die einem kleinen schon fast zerstörten
Mädchen den kleinen Rest an
Lebensfreude nehmen dürfen?
Ich kann keine Antwort finden die etwas
ändern würde… natürlich darf es
niemand, aber was ändert das schon.
Es ist passiert, jetzt schau wie du damit
klar kommst.
Rede mit deiner Familie würden manche
jetzt sagen.
Dies tat ich auch,
hätte es aber lassen können, denn, meine
Ma glaubte mir nicht.
Sie redete mir oder sich oder wem auch
immer ein, dass es nur eine Geschichte
war, um wieder einmal mehr

Aufmerksamkeit zu bekommen. Sie schrie mich an, ich solle endlich mit dieser Lügerei aufhören.
Sie hätte nie gedacht, dass ich mir so etwas spaßen würde und sie wäre sehr enttäuscht von mir.
„Ja Mama, du hast Recht, niemals würde ich mit so etwas spaßen. Aber wie kannst du vor mir stehen, vor deinem zerstörten Kind. Dein Fleisch und Blut, das sich wünsch zu sterben, steht vor dir und schreit, nein, brüllt förmlich nach Hilfe, möchte nicht untergehen und du drehst dich um und gehst."
– Ja dies hätte ich sagen sollen, tat es aber nicht.
Ich schluckte den Schmerz, die Enttäuschung und die Angst. Packte alles zusammen und verschnürte es mit schwarzem Geschenkband im inneren meiner Rumpelkammer.
Für was meine Offenheit? Für was mein Schrei nach Hilfe Verständnis und Trost? Nichts von all dem bekam ich von ihr.
Sie schickte mich zu einer Jugendtherapeutin, mit der ich die nächsten 2 Jahre über das Wetter

philosophierte und bei der ich ein paar Bilder malte. (Danke für die schöne Zeit, das neue Hobby mit Pinsel und Farbe erfreut mich noch heute!)

Was ging diese alte Frau an was in mir vorgeht?

Wenn meine Mutter es nicht hören wollte, weshalb sollte ich es dieser Frau erzählen? Sie meinte sie würde mich verstehen, aber wird etwa jeder Therapeut zu Ausbildungszwecken misshandelt, gedemütigt und zerstört? Oder wie in diesem scheiß Leben kann sie es wagen, zu sagen, dass sie mich versteht?

Kein Mensch der nicht gespürt hat wenn es geschieht, der das Gefühl des Schmutzes in sich selbst nicht getragen hat, kann behaupten zu verstehen. (Wenn ich groß bin, nicht mehr weinen muss und ich alle um mich herum nicht mehr hasse, sollte ich mir überlegen, ob ich nicht eine andere berufliche Richtung einschlagen möchte. Ich könnte helfen, könnte verstehen!)

Aber naja, sie war eine nette Frau, auch meist recht unterhaltsam und brachte zumindest in Bezug auf meinen Stiefvater immer wieder etwas

Erleichterung. Vor allem als Dieser
beschloss meinen Bruder aus dem Haus
zu jagen. Meine Ma hatte ihren eigenen
Willen ja bereits verloren und stellte sich
ihm somit auch nicht in den Weg.
Es gab ein Treffen mit beiden Müttern
und beiden Vätern
(seltsame Bezeichnung, wenn man
meine „Familie" so vor sich sieht), bei
welchem beschlossen wurde, dass Fab
zu Papa ziehen würde. Da hatten wir die
Misere, die Kugel, die mich diesem
(Verzeihung)
 Arschloch nun vollkommen allein
aussetzen sollte, war ins Rollen
gekommen.
Als meine Stiefmama mich dann auch
noch fragte, ob ich auch mitkommen
wolle, war für mich alles vorbei.
Ich hatte zu dieser Zeit die Hoffnung
noch nicht ganz verloren, dass es meine
Ma wieder zu einem eigenen Kopf
bringen würde und konnte mir nicht
vorstellen mich von ihr zu trennen. Im
Nachhinein frage ich mich, was es war,
dass mich hielt.
Ich denke es ist diese Art von Liebe, die
Mutter und Kind zu verbinden scheint,
egal was man sich im Alltag so antut.

Tief in meinem Herzen, glaubte ich einfach doch noch an uns.

An ein Happy End.

Dieses Gefühl hielt allerdings nicht mehr all zu lang an.

Ich begann meine Ausbildung zur Friseurin und nabelte mich absolut ab.

Besser gesagt, ich zog mich komplett zurück und lebte mein eigenes Leben.

Ich fühlte mich nun erwachsen und für mich selbst genug.

Was will man mehr, als eine Ausbildung, eine Wohnung und eine nach außen toll aussehende Familie.

Nachdem ich meine Wohnung im oberen Stockwerk allerdings aufgeben musste, weil er seine Eltern ins Haus holte und mich unten ins Gestezimmer steckte, war auch meine Grenze erreicht.

Ich lies mir einen eigenen Eingang ins Treppenhaus als Bedingung einbauen, um wenigstens noch ein wenig Unabhängigkeit zu haben und fristete dann ein paar Monate meines Lebens in diesem kleinen Ding das manche wohl Zimmer nennen würden.

Einzig Harry Potter mit seiner Kammer unter der Treppe würde es wohl Luxus nennen. Wie dem auch sei ich war wenig zuhause und weinte mich bei meinem Dad aus. Der war natürlich nicht glücklich darüber, dass es mir so schlecht ging. Wer hört schon gern, dass die eigene Tochter nicht in die untere Wohnung kommt um sich etwas zu essen zu machen, weil der liebe Stiefvater mit Ma übers Wochenende wegfährt und den Schlüssel für die Wohnung einfach mitnimmt.

(Dies war eine Reaktion die schon länger zurück lag und nur daher rührte, dass wir wieder einmal Streit hatten. Sicher auch meine Schuld aber mit Sicherheit kein Grund, dass Kind so sitzen zu lassen)

Kurz nach meinem 18. Geburtstag unterschrieb ich den Vertrag meiner ersten eigenen Wohnung. Freiheit, mein neues Lieblingswort.

Ich überschätzte mich maßlos mit all dem, war aber trotzdem einfach nur glücklich endlich weg zu sein. Ich hatte meine eigenen 4 Wände und musste nicht mehr Streiten. Denn das streiten hatte ich mehr als nur satt. Dieses Thema hatte mich nun mein komplettes bisheriges Leben begleitet und sollte nun einmal aussetzen.

Allerdings war auch niemand da, der mir sagte ich solle aufpassen, solle aufhören all den Mist zu probieren.

Ich hatte alles was man sich mit 18 so wünschen konnte. Freunde, eine Beziehung die erstaunlich gut lief, einen Job, eine Wohnung und Freiheit. Doch ich hatte niemanden, der mich in die Arme nahm und mir sagte wann die Grenze überschritten wurde.

Keiner bekam mit was mit mir los war – Nicht einmal Jazz. Der doch mein Freund war, der vorgab mich zu lieben. Weshalb merkte er nicht was ich in mich kippte, schluckte oder sonst?

Weil er es nicht wissen wollte!

So wie all die anderen, die nur die lustige und leichtfüßige sahen. Oder sehen wollten.

Ich „vergaß" wieder zu essen, trank viel und lies so einiges schleifen. Ich wurde wieder öfter krank und ging dann nicht arbeiten. Es war ja niemand da, der sagte: „raff dich auf und nimm dein Leben wieder in die Hand"

Im Sommer nach meinem Auszug ging ich wegen einer Blasenentzündung zum Arzt. Der nahm mir Blut ab und wollte mir ein Antibiotikum verschreiben.

Ich saß im Wartezimmer als er mich noch mal zu sich rief. Er sagte er sei sich nicht sicher, aber es sähe so aus als wäre ich schwanger.

Das sagte er einfach so frei heraus ohne Vorwarnung und schickte mich zum Gyn nebenan. Dieser bestätigte die Aussage meines Arztes. Klatsch! Diese Ohrfeige saß. Ergebnis- Kind. Man blickt auf den Bauch, versucht sich vorzustellen, dass da etwas in einem ist.

Die Vorstellung, ein fremdes Ding ist in deinem Bauch. Eigentlich nicht fremd, aber doch einfach nicht dazugehörend. Und dieses Etwas hat im Sinn dein Leben völlig aus den Ankern zu reißen. Da saß ich nun, mein Freund neben mir und ich schwanger. Sein erster Satz zu dem Ganzen war: „ Ich wollte doch studieren!".

Dies war auch alles an wirklicher Beteiligung an dem ganzen. Er hielt sich raus, sagte mir nie wirklich was ich tun sollte und zeigte nur immer wieder wie schlecht es ihm doch ging.

Aber was war mit mir?

Nicht fertig mit der Ausbildung, allein und absolut nicht in der Lage überhaupt für sich selbst zu sorgen.

Ja was geschah mit mir? Tagtäglich begann ein wirres hin und her meiner Gefühle. Montags wollte ich ein Baby, mit allen Konsequenzen.

Dienstags wollte ich das alles nicht und nur meine Ruhe. Mittwochs dachte ich dann über meine kleine Familie nach und donnerstags erfuhr ich dann, dass ich nur noch 5 Tage Zeit hatte um über das Leben eines kleinen Etwas zu entscheiden, welches sich mal eben in mein Leben geschlichen hatte. Ich hatte tolle Freunde die für mich da waren, auch als ich am Ende innerhalb von einem Tag entscheiden musste was ich tun würde.

Sie waren für mich da, als ich es tötete. Wer gibt mir das Recht eine solche Entscheidung zu treffen?

Wer erlaubt mir, zu sagen, dass dieses Kind keine Chance bekommen soll zu leben? Meine Freunde versuchten mir ein wenig von meiner Last zu nehmen und einfach bei mir zu sein.

Sie hielten mich fest als ich aus dem OP kam und mein toller Freund es nicht für nötig hielt bei mir zu sein und sie holten mich als ich, noch benommen von der

OP, meinte allein einkaufen gehen zu müssen und durch die Stadt irrte.

Sie waren mein einziger Halt in all der Zeit, in der ich wohl von jeder Brücke gesprungen wäre, die ich hätte finden können.

Meine Freunde waren es auch die mich dazu brachten, wenigstens hin und wieder zu essen und trotz Angst vor all diesen Alpträumen jeden Abend wieder aufs Neue ins Bett zu steigen.

Nie hätte ich gedacht, dass schlafen so ein Abenteuer sein könnte, das es so schwer sein kann einfach die Augen zu schließen.

Doch wer möchte schon 10 Stunden Schlaf, wenn man dafür 24 Std. „Tag" haben kann. Noch mehr Zeit zum Nachdenken, sich selbst zu hassen und die ganze Welt zu verfluchen.

Ich steckte auch das alles nach kurzer Zeit wieder in irgendein Eck meines Körpers, vergaß auch das schwarze Geschenkband nicht und machte weiter. Ich ging wieder arbeiten.

Da meine Chefin merkte, dass es mir nicht gut ging, bat sie mich um ein Gespräch. Ich weiß nicht weshalb, aber es kam alles nur so aus mir heraus.

Ich erzählte ihr von der Abtreibung und wie schlecht es mir damit ging. Ich hatte mit allem gerechnet, allerdings nicht damit, dass sie mich von diesem Moment an zu hassen schien.

Ich konnte ihr nichts mehr recht machen, alles war falsch. Ich saß zum Teil weinend nach der Arbeit zuhause und wollte nicht mehr hin.

Wieder einmal hörte ich auf zu essen, lies mich hängen und übertrieb es mit allem. Als ich einen Kontrolltermin bei meinem Arzt hatte, sah mich dieser nur an.

Das einzige was er mir sagte war: „Entweder sie gehen freiwillig in die Klinik, oder ich weise sie ein!".

Wie soll ich es sagen, ich entschied mich für den leichteren Weg und willigte ein.

Nun musste ich meinen Eltern noch davon erzählen, die von all dem ja noch keine Ahnung hatten, oder zumindest eben nichts davon ahnen wollten.

Nun war ich an der Reihe, die Weltbilder ein wenig zu verrücken.

Mein Dad brachte mich am nächsten Tag in die Klinik. Das war das letzte Mal für drei Jahre, dass ich ihn zu Gesicht bekam. Das ist der Weg den man geht, wenn ein Kontakt und das dadurch zwangsläufige Gespräch wehtun könnten. Man geht den Weg einfach nicht. Nicht so ich, ich beschloss, einmal nicht wegzurennen.

Ich ging in die Klinik.

Ja, die Klinik. Die ersten zwei Wochen, galt ein allgemeines Besuchsverbot. Ich sollte mich auf mich selbst konzentrieren und mich meinen Problemen widmen.

Meine Probleme – aber wo fängt man da an?

Bei dem Neusten? Bei dem Ersten? Bei allen auf einmal?

Naja, wie dem auch sei…ich konzentrierte mich also auf mich, ging jeden Tag anständig zu meinen Gesprächen und verkroch mich ansonsten mit einem Buch in mein Zimmer. Wie schnell ein solches Zimmer zu einer Höhle des Selbstmitleids werden kann. Bücher die man liest und doch nicht liest. Gespräche die man führt, aber nicht beteiligt zu sein scheint, weil der Alltag an Wichtigkeit verloren hat. Die perfekte Atmosphäre um im Leid zu versinken.

Dies wurde von meinen „Mitpatienten"
allerdings nicht lang geduldet und sie
schleiften mich bei jeder Möglichkeit in
den Aufenthaltsraum.
Was für tolle Menschen!
Jeder hatte Probleme und garantiert
auch genug davon, aber sie fingen mich
auf wie eine große Familie. Eine die ich
so nie hatte.
Alle machten es sich zur Aufgabe das
Küken zu trösten, wenn es abends
weinend auf dem Balkon saß.
Sie versuchten mein Vertrauen zu
gewinnen. Mit Sicherheit taten sie dies
zum Größten Teil aus Neugier, da sie
ihre eigenen Schicksale ja schon kannten
und nur ich noch ein Geheimnis bürgte,
zum Anderen waren sie aber meinem
Gefühl nach, wirklich an mir als Mensch
interessiert und wollten mich verstehen.

So gewann ich in kürzester Zeit neue
Freunde, die tiefer in mein innerstes
blicken durften als je ein Mensch zuvor.
Es spielte keine Rolle wie alt wer war.
Ich war die Jüngste und die Frau die mir
am meisten Sicherheit gab, war 65. Sie
war die Schulter an der ich weinen
konnte, sie war es auch die mir mein

Essen mitbrachte wenn ich nicht aus dem Bett steigen wollte oder konnte.

Ich kam mit meiner Aufarbeitung gut voran und stand nach vier Wochen vor dem Oberarzt um ihm mitzuteilen, dass es nun wohl reichen würde und ich nach Hause wolle.

Ich hatte nur nicht damit gerechnet, dass meine Therapeutin diesmal tatsächlich etwas von ihrer Arbeit verstand und in mir noch ein paar Baustellen mehr vermutete.

Vier weitere Wochen wurden beschlossen. Wir begannen also bei null. Die Scheidung meiner Eltern, der Tod des geliebten Opas, die Probleme mit meinem Stiefvater, der plötzliche Auszug und die damit verbundenen Probleme und zu guter Letzt eben nochmals die Schwangerschaft.

Ich machte gute Fortschritte, die Alpträume wurden weniger und ich konnte die Dosis der Schlaftabletten verringern.

Ich aß wieder regelmäßig und hatte schon ein paar Kilo zugenommen.

Nur malte ich in der Gestalttherapie laut meiner Therapeutin dort, an gewissen Tagen immer noch sehr dunkle Bilder.

– Ich fand das nicht wirklich schlimm,
sie waren schön und an diesen Tagen
war mir eben nach Kohlezeichnungen.
Ist düster immer gleich schlecht? Kann
das Dunkel nicht auch einfach einmal
Sicherheit verheißen?
Ein weiteres Zwischengespräch mit dem
Chefarzt und meiner Therapeutin stand
an.
 Sie sagte mir gerade heraus, dass sie
nicht glaube, dass ich ihr alles erzählt
habe.
Ich hielt an meiner Erzählung fest und
lieferte ihr nochmals einen Lebenslauf in
Kurzfassung. Daraufhin sah sie mich an
und fragte mich nach meinem 14.
Lebensjahr. Ich hätte bei jeder
Aufzählung in den letzten Wochen,
immer dieses Jahr ausgelassen.
Dies bringe sie zu der Annahme, dass
ich etwas nicht erzählen wolle, was mich
allerdings noch belaste.
Da stand ich nun, mit dem Rücken zur
Wand und den beiden treu blickenden
Gesichtern vor mir. Sie hatten mich
erwischt, an meiner wundesten Stelle
und ich konnte nicht mehr ausweichen,
oder es überspielen.

Ich saß da, begann zu weinen und erzählte ihnen was passiert war.

Die Tatsache, dass es passiert war ging ganz gut über meine Lippen. Was genau vorgefallen sei, wollten sie wissen.

Ich schwieg.

Das ging mir nun einen Schritt zu weit. Das wollte und konnte ich nicht zulassen. Das war mein Leiden, mein Schmerz, den ich tief in mir drin weggesperrt hatte. Da konnte ich sie nicht ran lassen. Das war gut verpackt und sollte es auch bleiben.

Nicht wieder diese Träume, dem Lachen aus meiner Erinnerung keinen Raum geben um sich auszubreiten.

Also saßen wir da und schwiegen, einige Sitzungen lang.

An einem Morgen saß sie vor mir, schaute mich an und erklärte mir ganz sachlich, dass sie mich nun aufgeben würde, da ich nicht bereit wäre mit ihr zu sprechen und sie mir somit nicht mehr helfen könne.

Sie wollte mich aufgeben. Wieder jemand der mich einfach aufgab. Das durfte sie doch nicht!

Sie musste mir doch helfen, mit mir
sprechen! Sie konnte doch nicht einfach
sagen sie gebe auf!
Ihr gut durchdachter Plan ging also auf,
sie hatte mich an einem Nerv erwischt
und würde erst wieder loslassen, wenn
sie bzw. ich mein Ziel erreicht hatte.
Ich nahm in der nächsten Nacht keine
Schlaftablette.
Stattdessen setzte ich mich mit meiner
Decke auf den Balkon und begann zu
schreiben. Erzählen wollte ich es nicht,
aber vielleicht würde ich in der Ruhe der
Nacht eine Möglichkeit finden, es ihr
aufzuschreiben.
In meinem ganzen Leben habe ich keine
körperlichen Schmerzen gehabt, die
mich so leiden ließen wie die Worte die
ich versuchte auf Papier zu bringen.
Ich schrieb die ganze Nacht und lag nur
eine Stunde vor dem Frühstück ein
wenig auf meinem Bett, bis ich mich
überwinden konnte, eben dieses Papier
in ihr Fach zu legen.

Nun war ich nackt.

Nicht ein kleines Geheimnis schützte
mehr meinen Körper vor den Blicken der

anderen. Ich hatte nichts mehr in mir, was nicht in diesem schön gestalteten Therapieraum auf dem Tisch lag. Nun hatte ich keinen letzten Grund mehr um zu sagen sie wisse nicht was in mir vorging. Absolut nackt sollte ich vor sie treten.

Die Therapiesitzung an diesem Tag lies ich sausen und ging stattdessen in die Stadt einen Kaffee trinken. Ich wollte nicht sofort über all das sprechen, was ich in der Nacht aus meinem Kopf geprügelt hatte. Als ich am Nachmittag wieder auf die Station kam. Kam sie mir schon entgegen.

Sie hatte mein nicht Erscheinen verstanden und bat mich nur darum am nächsten Morgen pünktlich zu sein.

So begannen wir also, auch dieses Kapitel aus meinem Leben, Stück für Stück auseinander zu nehmen.

Ich weinte, schrie und jammerte wie ein verletztes Tier, aber ich brachte mich selbst noch einmal durch all das hindurch, was mit mir passiert war. Ich erlebte mit jedem Wort noch einmal all diese Schmerzen und musste ihr dabei immer direkt in die Augen sehen. Ich wollte wegrennen, meine Angst und all

meine Gefühle für mich behalten. Wollte
mich noch ein wenig in all diesem Leid
suhlen. Denn daran war ich doch so
gewöhnt. Wie sollte ich denn ohne all
diesen Schmerz mein Leben weiter
gestalten?
Ich müsste beginnen zu leben!
Was darauf folgte, war fast noch
schlimmer wie die Gespräche an sich.
Ein Familiengespräch wurde einberufen.
Ich sollte mich vor meine Erzeuger
setzen und ihnen ins Gesicht sagen, wie
schlecht es mir ging. Naja, die Familie.
Meine Mutter kam tatsächlich, mein Dad
blieb weg.

Die nächste Lücke – war mein Dad
wirklich nicht dabei?

Es wäre besser für alle gewesen wenn
dieses Gespräch nicht stattgefunden
hätte. Zumindest besser für mich. Meine
Mutter glaubte auch jetzt noch, nicht ein
einziges Wort das ich sagte. Sie hielt
alles für Phantasie und baute sofort eine
Mauer auf. Ich glaube selbst nachdem
Chefarzt und Therapeutin ihr gehörig die
Meinung sagten, blieb sie aus
Selbstschutz bei ihrer Variante der

Geschichte. Ich verlor in diesem
Moment zum erneuten mal jegliches
Vertrauen und den Glauben an meinem
Mum. Aber damit musste man wohl
klarkommen und so hatten alle nur noch
mehr Gesprächsthemen in den
Sitzungen.
Da musste ich eben durch. Ich war es ja
schon gewohnt, dass sie mich
enttäuschte oder hängen lies. Warum
sollte es hier anders laufen.
Jeden Abend fiel ich kaputt in mein Bett.
Tabletten schluckte ich nur noch um
nicht jede Stunde aufzuwachen.
Die Träume ließen nach und ich fühlte
mich tatsächlich besser.

Nach 3 Monaten war es dann endlich
soweit, dass ich gehen durfte. Sie hielten
mich für stabil genug, zuhause auf
meinen Aufenthalt in der „Aufbauklinik"
zu warten.
Ich fuhr direkt mit einem guten Freund
nach Polen zu Verwandten, um dort ein
wenig abzuschalten. Es war ein schönes
Gefühl unter Menschen zu sein, die nicht
darüber nachdachten, was ich die letzten
Monate durchgemacht hatte und mich
einfach nur als Gast empfingen und

versuchten mir meinen Aufenthalt so schön wie möglich zu gestelten.

Zurück in Deutschland fühlte ich mich richtig gut. Ich war noch krank geschrieben und auch noch hin und wieder etwas neben der Spur, aber mein Leben hatte mich wieder!

Und alles sollte anders werden! Ich wollte mein Leben wieder in die Hand nehmen und wieder eigene Entscheidungen treffen, selbständig handeln und Verantwortung übernehmen. Mein einziger Vorsatz fürs neue Jahr, leben!

Nach einem Monat Warten ohne Nachricht von der Klinik, begann ich wieder zu arbeiten. Ich hatte keine Lust mehr krank zu sein und wollte mein Leben wieder in die Hand nehmen.

Ich suchte mir für den Übergang ein paar Jobs in der Gastronomie und startete wieder durch.

Ich arbeitete viel, vielleicht zu viel, aber es tat mir gut.

Da ich in der Klinik viel Zeit zum nachdenken hatte, war ich mir sicher, einen Friseursalon nie mehr von innen sehen zu wollen, außer vielleicht als Kundin. Ich wollte nicht mehr für die

Eitelkeit der anderen Menschen arbeiten,
ich wollte etwas bewirken, etwas
Sinnvolles tun und nach der Arbeit
zufrieden nach Hause kommen.

Mit kleinen Umwegen landete ich also
im soziale Bereich und dies sollte
meinen Neuanfang verkörpern.
Ich wurde also Praktikantin, zog um und
begann. Es war eine neue aufregende
Welt und so konnte ich den Trubel der
vergangenen Monate ein wenig
vergessen und beginnen glücklich zu
sein.
Meine Familie lies ich zu dieser Zeit
keine Chance an meinem Leben
teilzuhaben. Mein Dad hatte sich ewig
nicht gemeldet und meiner Mum
kreidete ich noch so einiges an, was sie
falsch oder eben nicht getan hatte.
Ich dachte gar nicht daran nochmals
diejenige zu sein die den ersten Schritt
wagte und somit schwiegen wir eben
alle.
Ich gestaltete mir mein Leben noch
einmal neu und wieder allein, ohne
meine Familie.

Erst als ich mich hier angekommen und sicher fühlte, lies ich den Kontakt wieder nach und nach zu.

Die Themen der Klinik und der Vergangenheit allerdings waren ab jetzt ein Tabuthema. Ich wollte mit meiner Familie nicht mehr darüber sprechen, die Chance war vertan.

Nur meine Kleine bekam sofort wieder ihren alten Platz in meinem Herzen, den ich ihr unfairer Weise genommen hatte. Mein Dad blieb von der Bildfläche verschwunden, ich bekam nur immer wieder mit, was so passierte.

Keiner von uns beiden wollte den ersten Schritt machen.

Bis es so weit ging, dass meine Schwester und dazu zwang miteinander zu telefonieren, verging noch eine lange Zeit.

Es ist viel geschehen, viel hat uns verletzt und wieder vieles hat neue Trauer über die Familie gebracht, doch ich für mich stehe mit beiden Beinen im Leben und werde mich nicht mehr davon umreißen lassen.

Nun sitze ich hier an meinem Laptop,
denke über mein Leben nach und bin
stolz auf mich.
Nicht jeder kann behaupten nach so
einem Start, die Kurve wieder
bekommen zu haben.

Ich mache meine Ausbildung, habe mich
mit meinen Eltern soweit ausgesprochen,
habe mein Leben eigentlich ganz gut im
Griff und kann nach vorne schauen.

Nur die Lücken in meiner Erinnerung
sind noch da.
Doch wenn ich jetzt hier so sitze, denke
ich, dass es vielleicht gar nicht so
schlecht ist, manche Dinge nicht mehr zu
wissen und somit auch einfach nicht
mehr drüber nachzudenken und den
neuen Eindrücken und Erlebnissen,
neuer Liebe und Zukunft Platz zu
schaffen um mich Glücklich zu machen!

Danksagung

Ich möchte mich bei allen Menschen bedanken die mich auf meinem Lebensweg begleitet haben, die mir neue Wege und Möglichkeiten aufzeigten und mich somit bis zu diesem Punkt gebracht haben.

Ich danke meinen besten Freunden, die mir in schweren Situationen ihre Schulter boten und mir mit Rat und Tat zu Seite standen und es auch heute noch tun.

Vor allem aber möchte meiner großen Liebe danken, die mich ermutigt hat diesen Schritt zu wagen und immer an mich geglaubt hat!

Ich danke euch allen!!

„Herstellung und Verlag: Books on Demand GmbH, Norderstedt"

ISBN 978-3-8370-7507-6